밥이나 먹고 가라

정하나 시집

문학의전당 시인선
0278

밥이나 먹고 가라

정하나 시집

문학의전당

나에게 시는 밥이다.

소찬(素饌)이라도
오늘은
그대를 위해
밥 한 상 차리고 싶다.

2018년 3월
정하나

차례　　　　　　　　　　시인의 말

제1부

제2부

제3부

제4부

제1부

지구가 기우뚱한다

지구 표면 한 곳
그 위에 세워진 바지랑대 하나
그 끝에 앉은 잠자리 한 마리

지구가 돈다.
바지랑대가 돈다.
잠자리가 돈다.

잠자리 가슴 한 곳
그 위에 세워진 바지랑대 하나
그 끝에 앉은 커다란 지구

잠자리가 기우뚱한다.
바지랑대가 기우뚱한다.
지구가 기우뚱한다.

양상군자

　모처럼 아내와 함께 외출했다가 돌아오는데 아내가 급히 핸드백을 뒤진다. 갑자기 뭘 생각했는지 머릿속을 뒤진다. 나는 문제가 뭔지 짐작한다. 젊을 땐 누구 못잖게 기억력 짱짱하던 아내였다. 그런데 나이를 먹어가면서 기억력이 떨어진 결과이다. 아내가 차를 세운다. 전화기를 들고 내린다. 전화를 한다.

　나는 잠시 생각한다. 부부는 일심동체라고 하지 않는가? 총론과 각론으로 따져본다. 일심이란 총론이다. 그런데 각론인 동체에 대해선 좀 아리송하다. 동체(同體)? 문제를 서로 나누고 함께 해결한다. 동체(動體)? 문제를 얼른 알아서 적극 나서서 해결한다. 동체(胴體)? 문제를 알려고 하기보다 시키는 대로 돕는다. 동체(凍體)? 문제가 무엇인지 어떻게 할 것인지 조금도 상관하지 않는다.

　나는 다시 생각을 이어간다. 이런 상황에선 어떤 행동이 가장 합리적인 일심동체인지. 잘 모르겠다. 잠시 ①동체(同體) ②동체(動體) ③동체(胴體) ④동체(凍體) 네 개의 경우를 올려놓고 생각을 거듭한다. 마지막 선택은 ④동체(凍體)다. 때로는 거리를 두고 관심을 끄고 가만히 기다려주는 것도 돕는 길이 될 때가 있다. 나는 시동을 끄지 않은 차 속에서 기다린다.

허름한 자전거 한 대가 비틀비틀 힘겹게 굴러온다. 한눈에 알 만한 인물이다. 가까운 농협 옆에 세워진 부스에 '구두수선, 열쇠복사'라는 간판을 달고 일하는 뚱보 아저씨. 차 옆을 지나가며 눈인사를 한다. 나는 엄지손가락을 들어 답례를 한다. 아저씨를 만난 아내가 몇 마디 대화를 나누더니 우리 집 대문을 밀고 들어간다. 나는 의자를 뒤로 좀 물려 비스듬히 누이고 라디오의 볼륨을 조금 세게 틀고 눈을 감는다.

누가 문을 두드린다. 아내다. 종이쪽 하나를 불쑥 내민다. "선량한 집주인, 일터를 찾아 골목을 걷다가 우연히 문에 꽂힌 열쇠를 보는 순간 힘쓰지 않고 한 보따리 챙길 수 있겠구나, 하는 생각이 머리를 스쳤지만 문 앞에서 망설이다가 돌아섭니다. 제 업은 다른 사람의 재물을 취하는 것이지만 반드시 지켜야 할 도리는 있는 것입니다. '불노소득은 취하지 않는다.' 앞으로 집을 나설 때에는 문단속을 잘하시기 바랍니다." —양상군자

눈사람

눈 온 날
눈사람을 만들었다.

똑! 똑! 똑!
늦은 밤 누구일까?

하얀 천으로 감싼 뚱뚱한 체구
비뚠 코 검은 모자 Pierrot가 서 있었다.

─누구시오?
─저를 태어나게 해주셔서 고맙습니다.
─여기는 웬일로?
─심장을 갖고 싶어 왔습니다.
─누가 시켰느냐?
─사랑을 나누는 인간이 되려면 그리고 헌신적인 삶을 살려면 뜨거운 심장이 필요합니다. 그것 때문에 몸이 녹아도 두렵지 않습니다.

말은 비수가 되어 가슴에 꽂혔다.
잠깐 눈을 감고 자신을 돌아보았다.
세속적 안일만을 추구하며
이기적으로 살아온 내가 부끄러웠다.
머리를 숙였다.

순간 싸늘한 바람이 불었다.
내 앞에는
심장이 없는 텅 빈 가슴의 내가 누워 있었다.
너무나 억울해 부둥켜안고 울었다.
엉엉 소리 내어 울었다.
울다가 눈을 떴다.
꿈이었다.

방 안 가득 햇빛이 비쳤다.
밖으로 뛰어나갔다.
주민들이 모여 눈사람을 배경으로 사진을 찍고 있었다.

—눈사람이 많이 녹았어요.

—더 녹기 전에 기념으로 찍으세요.

그가 돌아가려나 보다.

은혜 잊지 못할 거야.

담쟁이

내가 이 세상에 태어나 처음 본 건
앞을 가로막고 있는 높은 담장이었다.
내 키의 수백 배나 되는 아득히 높은 벽
내 힘으로는 걷어낼 수도 허물 수도 없는
튼튼한 장벽이었다.

나는 평생 이곳에만 갇혀 살아야 하는 것인가?
저 너머의 세상은 나와는 별 상관없는 세상이란 말인가?
그럴 순 없어.
벽은 그냥 벽일 뿐이야.
기어코 뛰어넘어야 하는 장애일 뿐.

나는 담쟁이야.
이대로 울안에서만 살다 죽으면 아무것도 아닌 풀로 남겠
지만
담장을 넘어갈 때
비로소 담쟁이가 되는 거야.
경계는 나에게 넘어야 할 존재 이유야.

극복해야 할 숙명이야.

나는 열심히 기어올랐다.
올라가다가 미끄러지면 또 기어오르고
한 발 미끄러지면 두 발 기어올랐다.
언제부터인가
벽에서 미끄러지지 않기 위해 내 발은
흡착근으로 변했다.

나에게는 시작만 있었다.
시작에는 언제나 새로운 힘이 생겼다.
실패란 없다.
더 나은 길을 안내하는 길잡이다.
나는 결코 멈추지도 않을 것이다.
포기하지도 않을 것이다.

이뭣꼬

1.

속리산(俗離山)

큰집 어르신께 나아가 넙죽 큰절 올린다.
"잠시 속세를 벗어나서 쉬어 가고 싶습니다만……"
"맑은 물소리를 따라가거라."

물소리가 앞을 선다.
수어장대 푯말이 옆으로 비켜선다.
꼬불꼬불 산길을 쉬엄쉬엄 걷는다.

갑자기 물소리가 멈추어 선다.
길이 보이지 않는다.
깊은 계곡이 길을 삼켜버린 거다.
머뭇머뭇 두리번두리번

"어쩌지."

"꼭 건너야 합니다. 속리로 들어가는 관문입지요."

"……"

"이, 뭣꼬입니다."

넙죽 등을 돌려대는 다리

마지못해 슬그머니 업힌다.

2.

"이 뭣꼬요?" (업힌 나를 추스르며 묻는다.)

"나?" (내가 되묻는다.)

"나? '나'라는 거 그게 뭣꼬요?

"응 나는 돌이오, 흙이오, 물이오, 바람이오, 나무요, 햇빛이

오, 그리고……

(보이는 것 생각나는 것 이름을 모두 끌어와 주절주절 엮

는다.)

"그게 뭣꼬?" (의아해 하며,)

"내가 의식하는 모든 것이 나의 일부라는 거지. 결국 '내가 우주이며, 우주가 나'인 거야."

"그런 논리가 어디 있어요?"

"말하자면 '나는 허상이고 또 실상이다.' 이런 거야."

"허상이고 또 실상은 뭐야? 하하하하!"

"의식하는 내가 실상이라면 의식하지 못하는 나는 허상이 되는 거지."

"……"

3.

"속리(俗離)하셨습니다."

"고맙다."

이뭣꼬가 나를 내려놓는다.

뒤를 돌아본다.

속세가 보이지 않는다.

옆을 본다.

'이뭣꼬'도 보이지 않는다.

"오 살롬!"

적선의 의미

한 걸인이 잠실 지하도 입구의 길에 서서 외칩니다.

"적선(積善)하십시오. 적선하고 가십시오." 그러나 누구 하나 들은 척하지 않고 지나쳐 버립니다. 어떤 사람은 외면을 하고 멀찍이 비켜갑니다. "선생님, 적선하고 가십시오." 갑자기 내게로 다가와 소매를 그러잡습니다. 이러다간 안 되겠단 절박감에 작전을 바꾸었나? '그게 하필 나라니…. 내가 제일 만만한 먹이로 보였나?'

아무러하든지 당황스럽습니다.

빨리 그곳을 벗어나려 얼른 지갑을 꺼내 퇴계 선생을 뽑습니다. "적선지가(積善之家) 필유여경(必有餘慶) 기왕지사 구명도생(苟命徒生)에게 저녁식사 값쯤은 주고 가셔야지요." 지갑을 통째 보인 것이 또 실수였나? 참 뻔뻔도 하구나. 그런데 행색과는 달리 구나방*은 아닌 듯해서 불쑥 장난기가 치밉니다. 길 건너 국숫집이 눈에 들어옵니다.

"잔치국수 한 그릇만."

"가진 자들은 자신이 잘나서 더 큰 몫을 받은 줄 알아요. 몫을 포기한 우리 같은 사람이 있어서 더 가지게 되었다는 걸 몰라요, 적선하라는 것은 '맡겨놓은 내 몫에서 조금만 내어놓고 가십시오.' 그런 뜻이지요. 그런데 왜 모를까요? 차라리 인정하기 싫은 것이겠지요. 부자가 천당 가는 것은 낙타가 바늘구멍을 통과하는 것보다 어렵다 했던가요?"

"저녁값 팔천 원 중 일천 원은 말씀대로 선생이 포기한 것을 내가 갖고 있던 것이라 합시다. 나머지 칠천 원은? 순수한 내 마음의 적선이오. 선생은 이 순간부터 적선의 빚을 지고 삽니다. 적선은 적선으로 갚아야 합니다. 언젠가 당신 앞에 적선이 꼭 필요한 사람이 나타나거든 주저하지 말고 빚은 갚으시오."

---

*구나방: 언행이 강하고 행동이 거친 사람.

Moon tan

한 달에 한번 나는, 아내가 아닌 다른 여자와 함께 밤을 보낸다. 그러니까 외도(外道)를 한다. 그날이 다가오면 머릿속은 시나브로 그녀의 생각으로 채워지고 어떤 일도 손에 잡히지 않는다.

그녀와 함께 있으면 가슴은 크게 뛰고 온몸이 후끈거린다. 세상 아무것도 변한 게 없는데 모든 게 새롭고 황홀하다. 손을 잡고 강둑길을 걷는다. 쉬지 않고 수다를 떤다. 하찮은 일로도 기뻐서 키득거린다.

샛별이 눈을 깜박일 때 그녀와 작별을 하고 혼자 돌아오는 길은 너무 쓸쓸하다. 내 발자국 소리를 듣는 건 참 슬프다. 불빛 하나 보이지 않는 긴 골목은 짐승의 아가리같이 무섭다. 몸에서 힘이 빠져나간다. 빈 자루처럼 몸이 구겨진다. 바람에 떠밀려서 걷는다.

누구를 만나 어디서 무얼 했어요? 아내는 묻지 않는다. 아무것도 묻지를 않는다. 왜 밤을 지샜는지 알려고도 하지 않는다. 나의 존재조차 관심을 두지 않는다. 며칠이 되어도 아무 일 없었던 것처럼 애써 무시하고 지낸다. 나도 얘기하지 않는다.

그래, 이젠 나의 비밀 아닌 비밀을 고백하자. 너무 늦었지만 모든 걸 아내에게 털어놓자. 지금까지 나는 두 여인을 사랑했다고, 한 여인은 인간인 아내였고 다른 한 여인은 인간이 아닌 달이었다고, 매달 보름이 가까워지고 동산에 달이 차오르면 나는 내가 아닌 또 다른 내가 되어 달과 함께 헤매 다녔다고, 달과 함께 밤새 지냈다고 달과 함께 사랑을 속삭였다고

솔방울 경책(警責)

'遊 · 山 · 洗 · 心'
친구의 엽서 한 구(句)가 불화살이 되어
내 가슴에 꽂힌다.
"도시에서 묻은 때 훌훌 날려버리자."

이른 새벽 천지를 가득 메운 안개
천천히 바람이 일어선다.
흰 장막이 조금씩 조금씩 걷히고,
건너편 집선봉(集仙峰)*이 희미하게 모습을 드러낸다.

실오라기 하나 안 가린
전라(全裸)의 선녀.
여적 잠을 자고 있는 것일까?
눈을 크게 뜨고 주춤주춤
한 걸음 한 걸음씩 다가선다.

어느 날 한적한 뒷골목에서 공놀이하던 소년들이 길가에
버려진 벽돌을 모아 한곳에 쌓아놓고 차례로 그 위에 올라서서 건물 환기구에 머리를 드밀고 공중목욕탕 풍경을 엿보려다가 행인이 다가오는 걸 보고 지레 도망을 쳤지. 골목을 돌고 돌아 가까운 공터에 다시 모인 우리는 처음 본 목욕탕 안모습을 화제로 한참 낄낄 웃고 떠들었지.

　─네 이놈,
　　개구쟁이 그 버릇을 못 버리다니?
　─따악!

머리가 띵하다.
눈이 확 뜨인다.
무주공산!

　─떼구르르

솔방울 하나, 발아래 바위 위를 굴러 내려간다.

---

*집선봉: 권금성에 맞선 연봉, 선녀 같다 하여 붙여진 이름.

실수와 실수(失手) 사이

배낭을 등에 업고 관악산을 오르다가
깔딱고개 푸른 이끼 덮인 바윗길을 만난다.
비틀,
꽈당당!
데굴데굴데굴⋯⋯
―실수, 실수다.

쏟아진 소지품들 주섬주섬 주워 담는다.
입 꾹 다물고 허리 꺾은 채
두 발로 바위턱을 버티고
두 손으로 앞을 짚고
긴다. 기어오른다.
―실수, 실수다.

네 발로 긴다는 것
참 편하다. 정말 편하다.
진작 이렇게 했어야지.
넘어질 염려 없고

힘도 덜 들고
혼잣말을 이어간다.
―실수, 실수다.

그렇지만 누가 보면?
부끄러움을 알아야지.
똑바로 서서 하늘을 바라보며 걷는다.
두 손을 흔들며 걷자.
자신을 추스른다.
―실수, 실수다.

오 마이 갓

아침부터 온다던 눈이 정오를 조금 지나 펄펄펄 내린다.
퇴근길은 빙판길
횡단보도를 건널 때
맞은편에서 키 큰 청년이 성큼성큼 걸어오더니
내 앞에서 꽈당! 엉덩방아를 찧는다.
발은 허공을 차고 손은 땅을 찍는다.
우산이 저만치 굴러간다.

여기저기서 비명 소리와 웃음소리가 동시에 터진다.
나도 가까스로 목구멍에서 나오려는 웃음을 삼키고
급히 다가가 손을 내민다.
청년은 내 손을 잡고 천천히 일어서 눈을 턴다.
우산을 주워 준다.

―미안해.
―왜요? 내가 실수한 건데, 아저씨가 왜 미안해요?

그래도 나는 생각한다.

나보다 한 발 앞서 온 그가
나 대신 넘어졌을 수도 있다는,
좀 지나친 사유(思惟)인가?
그래서 또 나는 말한다.
—미안해.

그가 걸어간다.
조금 가다가 휙, 돌아선다.
잔뜩 화난 얼굴로 나를 노려본다.
—아저씨, 미안하다 하지 마세요.

오 마이 갓!

왜 산에 가느냐고요?

글쎄요,
주말마다 등산복 입고 배낭 들쳐 메고 왜 산으로 가느냐고
요?

험하고 높은 산 오르면서 머리 끄떡끄떡 절하고
허리 굽실굽실 절하고
절하러 가지요.

풀 보고 절하고, 나무 보고 절하고, 꽃 보고 절하고, 바위
보고 절하고, 물 보고 절하고, 다람쥐 보고 절하고, 새 보고
절하고, 송충이 보고 절하고, 돌 보고 절하고, 구름 보고 절하
고, 땅 보고 절하고……

글쎄요,
주말마다 등산복 입고 배낭 들쳐 메고 왜 산으로 가느냐고
요?

미끄럽고 가파른 산 내려오면서 머리 흔들흔들 비우고

허리 출렁출렁 비우고

비우러 가지요.

집념을 비우고, 교만을 비우고, 탐욕을 비우고, 위선을 비

우고, 거짓을 비우고, 질투를 비우고, 시기를 비우고, 분노를

비우고, 증오를 비우고, 의심을 비우고, 이기를 비우고……

카톡

때: 볕바른 봄날 오후

곳: 외딴 농가

나오는 닭: 암탉, 수탉

해설: 비스듬히 바람에 기대선 허름한 농가 부엌 한구석에 느슨하게 매달린 둥지엔 암탉이 웅크린 채 담겨 있고, 앞마당엔 수탉 한 마리가 셀폰을 들여다보며 이리저리 발자국을 찍는다.

착신음이 크게 울린다.

암탉: (생급스런 문자로)

"여보, 우리 아기, 여보, 우리 아기."

수탉: (메시지를 읽더니 바로 자판을 꾹꾹 누른다.)

"여보, 수고했어요."

해설: 수탉이 음전케 미소를 지으며 먼 산을 바라보는데, 또 셀폰이 운다.

암탉: "여보, 우리 아기, 어쩌면 좋아요? 아들이든 딸이든 예쁜 아이 주십사. 두 열흘 삼신께 빌었건만, 누구나 다 가진 일곱 구멍은커녕 한 구멍도 안 뚫린 두루뭉술 두루뭉수리예요."

해설: 철없이 나부대며 찍었을 암탉의 톡을 또박또박 읽은 수탉, 의연(毅然)하게 볏을 세우더니,

수탉: (천천히 자판을 찍는다.)
　　"Let it be! Let it be!*"

＊Let it be! Let it be!: 그냥 내버려 둬. 순리에 따르면 돼!

아직 별은,

새 한 마리
하늘 높이 날아올라
날개를 활짝 펴고
비잉 비잉
크게 원을 그리며 돈다.

지상에 남긴
마지막 그림자까지
깨끗이 지우는 것인가?

홀연,
몸을 던진다.
활활 타오르는 서쪽 하늘
연옥(煉獄) 속으로

날개에 불이 붙어 먼저 타고
몸뚱이가 타고
발과 다리가 타고

머리가 타고

부리가 타고
부리 속 작은 혀가
오래오래 타고

끝내 빛은 사라지고

온 천지는
태초의 정적이다.

새는 무사히 관문을 통과했을까?

정리

늘 옆에 두고 읽던 책 몇 권
그마저 내다버린다.
애착과 권태에서 벗어나
사물과 연(緣)을 끊으려,

상패와 공로패 기념품들
그마저 내다버린다.
욕심과 미련에서 벗어나
삶을 잊으려,

빈방에 앉아 차를 끓인다.
은은한 다향(茶香)
온 방에 가득 찬다.
머리가 하얗게 빈 것 같다.

나를 잊는다.

제2부

입산

산에 문이 있다.

문을 열고 들어간다.
새소리 바람 소리가 들린다.

또 문이 있다.
또 문을 열고 들어간다.
바람 소리만 들린다.

또 문이 있다.
또 문을 열고 들어간다.
고요하다.

아무것도 없다.
아―무―것―도…….

퍼포먼스

1.
석양이
하늘 한 자락을 몽땅 빨갛게 칠해놓고
화구(畫具)를 거둬 막 일어서려는데,
풍경 한 장면이 확 눈 속으로 뛰어든다.

늙은 소 앞세우고 지게 업은 할아버지가
뚜벅뚜벅뚜벅
저만치 강둑길을 걸어오시고,
그 뒤를
마중 나온 강아지와 어린 손자가
쫄랑쫄랑쫄랑 뒤를 따르는,

흠, 아직 할 일이 남아 있었나?
서두르다가 이 멋진 소재를 두고 갈 뻔했네.

화구를 펼친다.
지그시 눈을 감고 소재를 재구성해 본다.

큰 붓을 잡고
듬뿍 검정 물감을 찍더니
거침없이 휘두른다.

쓰윽쓰윽
쓰윽쓰윽

2.
붉은 담벼락에
크고 작은 글씨

ㅈ ㅏ ㅈ ㅣ

꼬물꼬물꼬물 꼬물꼬물…….
글씨가 움직인다. 마을을 향해,

구구단 외우는 꽃

풀밭에 앉아 있는데
호랑나비 한 마리 팔랑팔랑
내 어깨 위에 앉아
스르르 날개를 접는다.

먼 길 오느라 몹시 지쳐서
감각이 둔해졌나?

문득
작은 생명이 참 안됐다는 생각
잠시라도 편히 쉬도록
꽃이 되어주자.
작은 의자가 되어주자.

우선 나를 비운다.
그리고 그 빈자리에
'나는 꽃이라는 생각'을 가득 채우자.
그럼 꽃이 되겠지.

눈을 감는다.

스스로 최면을 건다.

─나는 꽃이다.

　꽃이다. 꽃이다.

나비가 그대로 가만히 쉰다.

내가 꽃이다.

나비가 나를 꽃으로 생각한 것이다.

내가 의자다.

나비의 의자가 된 것이다.

나는 속으로 구구단을 외기 시작한다.

잡념이 내 머릿속으로 들어오지 못하게

구구단 외우기에만 몰두한다.

열심히 외운다.

연(蓮) 놈 잘 논다

연(蓮)들만 사는 마을

아직 피지 않은 아기 연
갓 피어 이슬 머금은 어린 연
뭉클뭉클 체취 풍기는 아씨 연
시들시들 물간 늙은 연
까만 씨통 머리에 인 밥 연
연 연 연 연 연…….

까르르 까르르 까르르
화사한 웃음소리 따라가며
이 연캉 이바구하다가
저 연캉 윙크하고

이리 기웃 저리 기웃
얼씨구,
에두른 잎 사알사알 되작여
잘 익은 연밥 찾아

까만 껍질 벗기고
젖꼭지같이 탐스러운 연육(蓮肉)
잘근잘근 씹어본다.

심장박동이 빨라진다.
정신이 아득해진다.
몸이 깃털처럼 가벼워진다.
둥둥 구름처럼 떠오른다.

쿡
누가 옆구리를 찌른다.
휙 돌아본다.
바람, 바람이다.
바람이 지나가다가 궁시렁 궁시렁

─연(蓮) 놈, 잘 논다. 하얀 대낮에,

파스파티나트 같에서

소년은, 오늘
파스파티나트 같*에서
몽당싸리비로 바닥을 싹싹 쓸고
차곡차곡 쌓아 올린 장작더미 위에
누더기 한 벌을 올려놓는다.

강물로 정성껏 닦는다.
거친 손발 구겨진 몸통과 주름투성이의 얼굴
세월에 바랜 하얀 머리카락까지,

—어머니!
무릎을 꿇고 두 손을 모은다.
—헌 옷은 주인께 돌려드리겠습니다.

불끄러미를 받아 옷에 붙인다.
아그니**의 빨간 혓바닥이 옷을 핥는다.
단단한 매듭이 풀린다.
씨실과 날실이 물과 흙으로 갈라선다.

검은 연기가 뭉클뭉클 하늘로 올라간다.
물이 구름과 몸을 섞는다.

하얀 재(灰)가
낮은 곳으로 낮은 곳으로 내려간다.
대지에 안긴다.

오실 때처럼 한 줌 바람 되어 먼 길 떠나신 어머니

찬다라***가 불 속으로 향나무 조각을 던진다.
만장(挽章)도 던진다.
조화(弔花)도 던진다.

---

*파스파티나트 같(Pashupatinath Ghat): 카투만두 바쿠마티 강가의 사원에 있는
화장터.
**아그니: 불의 신.
***찬다라: 같(Ghat)에서 일하는 화부(火夫).

Karma

새벽안개 속 바라나시
강가(Ganga)* 둑길 아슈바타** 밑에
소 돼지 사람이
나란히 나란히 누워 잠을 잔다.

소가
큰 배를 모로 깔고
사지를 쭉 뻗고 잠을 잔다.

돼지가
머리를 뒤로 젖히고
긴 주둥이를 벌리고 잠을 잔다.

흰 터반 노인이
조그만 천으로 배만 가리고
다리를 웅크린 채 잠을 잔다.

새벽안개 속 바라나시

강가(Ganga) 둑길 아슈바타 밑에

소 돼지 사람이

나란히 나란히 누워 잠을 잔다.

한솥밥을 먹은 형제들이……

---

*강가(Ganga): 갠지스 강의 다른 이름, 어머니의 강이라는 뜻.

**아슈바타(Ashvattha): 보리수.

새가 버린 옷

등산길 다박솔 밑입니다.
새가 버린 헌 옷 한 벌
시나브로 시나브로 썩어갑니다.

뾰족하고 단단하던 송곳부리는
부러진 솔가지처럼 무디어졌고,
넓은 창공 햇빛보다 찬란한 꿈을 좇던 유리알 동공은
두꺼운 눈꺼풀로 덮여버렸고,
바람에 맞서 깃발처럼 펄럭이던 두 날개는
깃들이 뽑혀 누더기가 되었습니다.

가슴과 뱃속에서 힘차게 고동치며
피와 에너지를 몸 구석구석까지 흘려
생명을 이어가던 오장육부는
피와 체액에 저려지고 곰삭혀
불쾌한 느지렁이가 되어 넘치듯 고였습니다.

쉬파리들이 윙윙 소리를 내며 모여듭니다.

구더기들이 꿈틀꿈틀 우글우글 빨아댑니다.
바람이 냄새를 조금씩 퍼 공중에 뿌립니다.

등산길 다박솔 밑입니다.
새가 버린 헌 옷 한 벌
시나브로 시나브로 썩어갑니다.

억새꽃

추석을 하루 앞둔 날 늦은 오후

귀성객을 가득 태운 버스가
그렁그렁
비탈진 길을 숨 가쁘게 내려간다.

노인 몇 분
섶에서 나서면서 손을 흔든다.
바람에 휘날리는 백발이
석양에 눈부시다.

그런데
버스는 그대로 스쳐간다.
운전사는 못 본 것인가?
보고도 그냥 지나친 것인가?

인가(人家)에서 멀리 떨어져
으슥한 산골,

마지막 차편을 놓쳤으니

이제 저분들은…,

얼른 돌아본다.
노인들은 온데간데없고

듬성듬성 누운 고분(古墳)들
그사이 하늘하늘 흔들리는
한 무더기 하얀 억새꽃.

나비

　봄이었다. 어머니께서는 가끔 뜰에 나가 먼 하늘을 살피곤 하셨다. 누굴 기다리시는 것일까? 그런 어느 날 "애야, 오늘부터 네가 이걸 보관해라." 어머니께서는 손에 낀 금지환과 용돈 지갑을 내게 맡기시고, 손수 본 자리에 누우셨다. 아침과 점심은 소식(小食)으로 하고 저녁은 음다(飲茶)만 하셨다. 기름이 마른 등잔불처럼 갑자기 기력도 떨어졌다. "어머니, 푹 주무세요. 기력 회복에 도움 되도록" 그날도 자리에 누우시는 걸 보고 직장으로 나갔는데 뒤따라 연락이 왔다. 바로 병원에 모셨지만 반 낮을 넘기지 못하셨다.

　아흔두 번째 생신을 넉 달 남겨놓고 어머니께서는 팔 년 앞서 가신 아버지 옆으로 가셨다. 광중(壙中) 하관(下棺) 가족의 헌토(獻土)가 진행되고 사역(使役)들이 매립작업을 준비하고 있을 때였다. 홀연 흰 나비 한 마리가 나타나 광(壙) 위에서 팔랑팔랑 원을 그렸다. '웬 나비가 이렇게 많은 사람들 사이에서……?' 나도 주변 사람들도 놀란 표정으로 물끄러미 바라보았다. 몇 바퀴를 돌았을까? 조객(弔客)들 머리 위를 훌쩍 넘어 산 쪽으로 아스라이 사라져버렸다.

봉분이 조금씩 모양을 갖추어 가는 걸 보자 나는 조객들에게 인사를 했다. 먼 장지까지 온 고마운 마음에 정중한 답례를 드렸다. 한 분이라도 결례하지 않으려 찾아 다녔다. 가슴이 몹시 아려왔다. 다리가 후들후들 떨리고 앞이 보이지 않았다. 크게 소리 내어 울고 싶었다. 아무것도 의식하지 않고 어린아이처럼 끄억끄억 울고 싶었다.

반혼제(返魂祭)를 올리고 산에서 내려오면서 나는 잠시 명상에 들었다. 사념이 깊어지자 문득 흰 나비가 시야로 날아들었다. 그 나비였다. 너무도 생생해서 눈을 떴다가 다시 감았다. 육신이 땅에 묻히기 전에 일어난 어머니의 영혼이 나비 등을 타고 먼 길 떠나신 걸까? 아주 멀리 떠나시기 전 잠시 나비로 현신(現身)하신 걸까? "영혼은 소멸하는 것이 아니라 영생하는 거야. 육신을 빌어 이 세상에 와서 잠깐 삶을 누리다가 다시 육신은 벗어버리고 돌아가는 거야."

밥이나 먹고 가라

몇 년을 별렀던가?

온정리 휴게소 거쳐
휘이휘이 단숨에 오른
내금강 만물상 전망대

안개 속인가?
구름 속인가?
풍악(楓嶽)은 어디란 말인가?

휘익―
숨 한번 크게 쉬고
주먹으로 눈을 비빈다.
찬찬히 사방을 굽어본다.

빨긋빨긋 ― 저건 고추도막
파릇파릇 ― 저건 양파도막
노릇노릇 ― 저건 감자도막

고추 감자 양파 감자 양파 고추
서로 섞이어서
비잉비잉 휘돈다.
담방담방 잠긴다.
송골송골 솟구친다.

울긋불긋 울긋불긋
모락모락 모락모락
하얀 김 뿜어 올린다.
뽀글뽀글 뽀글뽀글 끓는다.

아하, 저건 된장찌개!

(돌아서 내려오려는데
풍악이 소매를 잡는다.)

―밥이나 먹고 가라.

바다

내소사 행 버스 안
옆에 앉은 소녀 같은 그녀

고사포 격포 남포
들거니 날거니 해안길 달릴 때
몸 휘돌린다.
―오빠, 미안해요.
살짝 살짝 몽따듯 기대면서
깜짝깜짝 놀라
어쩔 줄 몰라 하는 나를 보고
손으로 입 가리고
호호호호 호호호호
웃을 때
손가락 사이 하얀 덧니
반짝반짝

가만히 눈을 감는다.

언감(焉敢)

그녀와 나란히 전나무 숲길을 거닌다.

대웅보전 넓은 뜰을 지난다.

구층 돌계단을 오른다.

부처님 앞에 마주 서서 웃는다.

합장을 한다.

—오빠, 즐거웠어요.

퍼뜩 눈을 뜬다.

버스는 모항 저잣거리에 서 있고

언제 내렸는가?

저만치서 손 흔드는 그녀.

—바이, 바이,

아뿔싸!

서준이
—한일 관계

서준이가 다니는 미국 LA의 Rancho Palos Verdes
교회 어린이집엔
여러 나라 어린이들이 더불어 생활한다.

어느 날 어린이집에서 돌아온 서준이가 말했다.
—할아버지, 레오가 서준이 때렸어요.
가만히 듣고 있으려니
—그래서 서준이가 울었어요.

다음날이었다.
—할아버지, 오늘도 레오가 또 서준이 때렸어요.
—그래서?
—가만히 있었어요. 화가 났지만,

'왜 선생님께 말하지 않았어?' 하려다가
얼른 입을 닫았다.

그 다음날이었다.

―서준이 오늘도 울었어. 레오가 때렸어요.

그리고 이렇게 말했다.
―내일 또 그러면 서준이도 똑같이 해줄 거야. 그리고 우리말로 '뎃찌'도 해줄 거야.

나는 아무 말도 하지 않았다.
모른 척하기로 했다.
그냥 두 어린이가 사이좋게 지내기를 마음으로 기도하며,

조약돌 하나

강안(江岸)을 거닐다가 조약돌 하나를 주웠습니다.
알락달락 동그란 예쁜 물새 알

언제 어디서 어떻게 예까지 떠내려 온 것일까?

서가(書架) 한구석에 둥지를 마련해주고
하루에 한 번씩 꼬옥 쥐어 주며 기도했습니다.
—어서 껍질을 깨고 나오너라.
　네 아름다운 모습 보고 싶다.

그런 어느 날 아침이었습니다.
물새 알은 보이지 않고
털북숭이 아기 물새가 웅크리고 있었습니다.
물새 알 속 아기 물새가 스스로
단단한 껍질을 깨고 나온 게 분명했습니다.

하루 종일 방을 들락날락

밤이 되어 자리에 누웠습니다.

잠이 오질 않았습니다.

정말 그 단단한 돌 껍질을 깨고 나온 걸까?

어떻게 그런 일이 가능했을까?

내가 잘못 본 것이면 어쩌지?

날이 밝았습니다.

맨 먼저 서가로 달려갔습니다.

아기 물새가 보이지 않았습니다.

알락달락 동그란 예쁜 물새 알 조약돌이

내가 마련해준 둥지에 그대로 있었습니다.

아, 도대체 어찌 된 일이었을까?

나는 무엇을 본 것일까?

내가 본 아기 물새는 무엇이었단 말인가?

지금은 왜 보이지 않는 것인가?

바다산부인과

산통(產痛) 이틀째
아내는 푸른 임신복 섶을 두 손으로 비틀면서
외마디 비명을 내지른다.

쏴아,
쏴아,

벽시계가 깜짝 놀라 눈을 비비고
황급히 열두 점을 내어놓는다.

호흡 크게,
호흡 크게,

간호사의 목소리가 다급해진다

쏴아,
쏴아,

아내를 태운 밀차가
날카로운 이빨로
복도 바닥을 긁으며 달린다.

쏴아,
쏴아,

분만실 문이 한번
크게 열렸다가 쾅, 굳세 닫힌다.

쏴아,
쏴아,

무릎을 꺾고
시멘트 바닥에 꿇어앉는다.
두 손을 모은다.

─빛을 주시옵소서.

어떤 데이트

지하도를 혼자 걷는데 누가 어깨를 툭 친다.
돌아본다.
아무도 없다.

그런데 나는 벌써
한 사람과 나란히 걷고 있다.
이야기를 나눈다.
별것 아닌 것으로 수다를 떤다.
심각한 척 언쟁을 편다.
그러다가 목소리가 높아진다.
깜짝 놀란다.
옆을 본다.
있어야 할 사람이 보이지 않는다.

분명 그와 나란히 걸었는데,
이야기를 나누었는데,

─오래전 우리 곁을 떠났었잖아.

제3부

곡비(哭婢)

소쩍새야, 소쩍새야,
일 년에 꼭 한 달 만이라도
나를 위해 울어줄 수 있겠니?
나 대신 울음 울어
이 가슴에 쌓인 상처를
치유해줄 수 있겠니?
제발 한 달 만이라도
나를 위한 곡비가 되어준다면,
다음 세상에서
똑같이
너의 곡비가 되어줄게.

산새 소리

이른 봄
산에 사는 산새의 맑은 노랫소리가
나뭇가지에 앉아서, 나뭇가지에 앉아서
나뭇잎이 된다. 나뭇잎이 되어
산을 푸르게 한다, 산을 푸르게 한다.

한 여름
산에 사는 산새의 맑은 노랫소리가
풀잎 위에 앉아서, 풀잎 위에 앉아서
풀꽃이 된다. 풀꽃이 되어
산을 환하게 한다, 산을 환하게 한다.

깊은 가을
산에 사는 산새의 맑은 노랫소리가
덩굴 위에 앉아서, 덩굴 위에 앉아서
열매가 된다. 열매가 되어
산을 향기롭게 한다, 산을 향기롭게 한다.

흰 겨울

산에 사는 산새의 맑은 노랫소리가

눈 속에 녹아서, 눈 속에 녹아서

산울림이 된다. 산울림 되어

산을 지킨다, 산을 지킨다.

웃는 돼지

1.

염라대왕: 어서 오게나. 살 만큼 살았으니 미련 같은 건 없으렷다?

돼지: 그 많은 날을 살면서도 한 번도 파안대소 해보지 못한 것이……

염라대왕: 그게 그렇게도 어려웠더냐?

돼지: 행복은 웃음의 근원이라고 믿었기에 행복하려고 배를 불리는 데에 힘을 썼는데 행복도 오지 않고 웃음도 얻지 못하고 몸만 이렇게 불었습니다.

염라대왕: 쯧쯧쯧, 어리석은 놈! 네 몸뚱어리는 욕심덩어리로밖에 보이질 않는구나.

돼지: ……

염라대왕: 불쌍한 것. 짐은 너에게 덤으로 하루를 유예할 테다. 즉시 바깥세상으로 나가렷다.

2.

돼지가 웃고 있다.

왕골 방석 상좌석에 커다란 상(床)을 깔고 앉아 웃고 있다.

입아귀를 귀에 걸고 크게 웃고 있다.

그런데 몸뚱이는 보이지 않는다.

목련꽃

북풍이 겨울 보따리를 싸서 산으로 올라가던 날입니다.
마지막 피날레인가?
흩뿌려지는 눈송이들
웬일일까?
내려앉자마자 스르르 녹아버리고 맙니다.

순수한 것은 왜 오래 머물지 못하는 것일까?
잠시라도 더 함께할 수 있다면….

골목 안 끝집 뜰에 선 허리 굽은 나무
가지 위에 떨어지는 눈송이를
조심조심 받아 모읍니다.

봄 햇살이 골목 안을 따사롭게 비추던 날입니다.
빨간 가방 하나가 파란 대문을 열고 들어섭니다.

─아버지, 어머니,
  목련나무가 새하얀 꽃을 달고 있어요.

―눈같이 깨끗한 꽃 같구나.

―마음까지 환하게 밝혀주는구나.

도산(陶山) 우화

때: 이른 새벽

곳: 도산

나오는 이: 퇴도(退陶)와 오죽(烏竹)

해설: 새벽 어스름이 채 걷히지 않은 전교당 후원
　　　상덕사의 불빛만 은은히 비친다.

퇴도(退陶) (상덕사(尙德祠) 일각문을 나서며)

　　　　　경이직내(敬以直內) 의이방외(義以方外)

오죽(烏竹) (시를 받아 해석한다.)

　　　　　바람이 불 때 가만히 머리 숙여 몸을 낮추고
　　　　　나 자신을 돌아봄이 경(敬)이오.

　　　　　바람이 지나면 머리를 들어 몸을 곧게 하고
　　　　　주변을 가지런히 함은 의(義)이니라.

퇴도(退陶) (천연대를 묵묵히 지난다.
　　　　　운영대 석간대를 자욱한 안개 헤쳐 나가다.)

직방공력개유아(直方工力皆由我)

휴유미운점일명(休遺微雲點日明)

오죽(烏竹) (그림자처럼 따르다가)

　　　　내심을 지키고

　　　　겉을 바르게 갖는 것을 근본으로 삼고,

　　　　마음을 비워서

　　　　푸른빛을 잃지 않도록 할지니라.

퇴도(退陶) (말없이 걷는다.)

오죽(烏竹) (손을 비비며)

　　　　소인 존심(存心)에서 다시 정독(精讀)하겠습니다.

＊敬以直內 義以方外, 直方工力皆由我 休遺微雲點日明: 『퇴도문집』 3권 「存心」에서.

＊천연대(天淵臺) 운영대(雲影臺) 석간대(石澗臺): 곡구암에서 서원으로 가는 벼룻길, 퇴도(退陶)의 산책로.

삼청동 사과

우리나라 사과 중에서 삼청동 사과가 짱이다.

그러나 생산량이 아주 적다.

먹고 싶어도 못 구한다.

그래서 삼청동 사과, 삼청동 사과 하다가 때로는

"가자. 삼청동으로." 하고

떼로 몰려다닌다.

처음엔

"아무리 그래도 사과는 없다."고 하다가

"사과, 사과를"

몽니가 심해진다.

그러면 어쩔 수 없어 삼청동 주인은

가까스로 갖고 있는 사과를 조금만 담아낸다.

삼청동에서 사과가?

그러면 그렇지 한다.

그런데 삼청동 사과는 얼마를 내어놓든

만족할 수 없어서

더 내어놓으라고 한다.

자꾸 더 달라고 한다.

삼청동 사과는 중독성이 있는 걸까?

삼청동 사과

삼청동 사과

말도 많은 삼청동 사과.

하늘이 웃는다

갑자기
숲에서 검은 뭉치 하나가 튀어 오른다.
허공에 쭈욱 길게 선이 그어진다.

새다.
새가 날아간다.
두 날개를 크게 흔들면서 날아간다.

가만히 보니 비질을 하면서 날아간다.
하늘을 쓴다.

쓰윽 쓰윽
쓰윽 쓰윽
쓰윽 쓰윽

비비비, 비비비비비
비쫑, 비쫑, 비쫑,
비이쪼옹

하늘이 갑자기 웃는다.

자지러진다.

웬일일까?

새가 비질을 하면서

짓궂게

깃 끝으로 자개미*를 살짝살짝 간질였나?

---

*자개미: 겨드랑이나 오금 양쪽 오목한 곳.

부처님은 어디 가셨나

내소사 탑돌이 하다
문득 갈증을 느낀다.
가까스로 감로수 한 구기* 퍼서
늙은 보리수 굽은 등에 기대서서
하늘을 쳐다본다.

출렁출렁
바다가 청련암** 허리를 감고 춤을 춘다.
아니, 저건
오늘 아침에 본
격포 바다가 아닌가?

얼씨구,
대웅보전 처마 끝에 매달려
잠만 자던 목어(木魚)들
퍼들퍼들
지느러미 크게 흔든다.

순풍을 타고
파도를 넘을 때마다
卍자가 선명한 용마루 기와가
오르락내리락
앞으로 내달린다.

반쯤 열린 문으로 법당 안을 엿보니
늙은 스님도 보이지 않고
높은 연좌대 위에는
부처님이 벗어놓은 듯한 가삼만
멀미를 참으면서 자리를 지키고 있다.

—부처님은 어디 가셨나?

---

*구기: 국자보다 작은 국자처럼 생긴 기구.
**청련암: 내소사 뒷산에 있는 바위.

겨울 한강

강변으로 이사한 그날부터 나는
강과 짝이 되었다.

둑길을 같이 걷고
이야기를 나누고
함께 차를 마시고

오늘은 소한(小寒)
일 년 중 가장 춥다는,

강은 딸린 식솔
죄다 품안으로 불러들이고,
그것도 미심쩍은지
제 몸 밖으로만 엷게 얼려
바람 한 점 못 들어오게 덮어주고

어느 날보다 일찍
자리에 들고도

뜬눈으로 밤을 지샌다.

지나가는 삭풍이
둑방 미루나무 맨가지들을
흔들 때마다
헛기침을 하며 돌아눕는다.

나도 따라 잠을 설친다.

아뿔싸

강변 아파트 17층
자다가 일어나 우연히 창문을 연다.

자정도 지난 시각
강에서 누가 멱을 감는다.
어린아이처럼 홀랑 옷을 벗고,

찰방찰방찰방찰방
찰방찰방찰방찰방
물 튀기는 소리가 조요롭다.

달님, 달님이다.

달님은
내가 내려다보고 있는 것
아는지 모르는지
하얗게 웃는데,

나는,
가슴이 쿵덕 쿵덕 쿵덕
얼굴이 화끈 화끈 화끈
커튼을 걷었다 닫았다.

아뿔싸,

내 가슴속에는 내가 너무 많아,
누구 하나 들어올
빈자리가 없네.

서울 매미

지하안거(地下安居) 삼 년 거두시고
중생계도(衆生啓導)에 오르신 원효 대사님
장안답파(長安踏破) 하신다.
표주박 두드리며
무애가(無碍歌) 부르시며,

매음 매음 매음 매음*
매음 매음 매음 매음

구름처럼 모여든 도하(都下) 승려들
뒤를 따른다.
무애가(無碍歌)** 후렴을 창(唱)하며,

나무불타 나무달마 나무승가
나무불타 나무달마 나무승가

북한산, 청와대, 세종로, 광화문 지나,
서울역 남대문, 명동성당, 남산길……

매음 매음 매음 매음

매음 매음 매음 매음

나무불타 나무달마 나무승가

나무불타 나무달마 나무승가

한강대교, 대법원, 검찰청 거쳐,

여의도, 국회의사당, 방송국, 공원길……

매음 매음 매음 매음……

매음 매음 매음 매음……

나무불타 나무달마 나무승가

나무불타 나무달마 나무승가

새

새야, 저 넓은 창공 다 돌려줄게.
제발 비상하는 법만 좀 가르쳐다오.

새를 조롱에 가둬놓고
아침마다 모이와 물을 넣어주면서
서툰 조어(鳥語)로 졸랐다.

그럴 때마다 새는
못 들은 건지 듣고도 못 들은 척하는 건지
묵묵부답, 오불관언이더니

오늘은 웬일일까?
머리 꼿꼿이 쳐들더니 눈길을 주었다.

―새가 되어 보겠다고?
　하늘을 날아보고 싶다고?
―그럴 수만 있다면 모든 걸 다 걸겠어.

새는 눈을 감았다.

깊은 생각에 잠기는 듯했다.

이윽고 눈을 뜨고 나를 똑바로 바라봤다.

한 걸음 다가섰다.

가슴이 두근거렸다.

꿀꺽 마른침을 삼켰다.

가까스로 숨을 깊이 들이마셨다.

나도 눈을 한번 감았다 크게 떴다.

새가 입을 열었다.

나지막이 천천히 또박또박 힘주어서 말했다.

─방하(放下), 방하착(放下着)*!

　제발 그 꿈까지도…….

─────────

*방하(放下), 방하착(放下着): 버려라, 다 버려라.

세상 물먹이기

1.
쾅! 쾅! 쾅!
둘째 시간 마침 종소리가 크게 울리자
교실 문이 활짝 열리고
우르르…….
서울 구름초등학교 2의 5 어린이들
화장실로 뛴다.

──사수는 사선으로!
──사수는 사선으로!

사선에 오르는 듯
아이들 용변기 앞에 다가선다.

──사격 자세!
──사격 자세!

──실탄 장전!

──실탄 장전!

──거총!
──거총!

──정조준!
──정조준!

──사격 개시!
──사격 개시!

2.

긴급 뉴스

서울 전역 집중호우, 한강 수위 급격히 상승. 이 시각 이후
시민들께서는 민방위본부의 특별재난방송을 청취해 주시기
바랍니다.

한강 비둘기

$9 \times 1 = 09$

$9 \times 2 = 18$

$9 \times 3 = 27$

$9 \times 4 = 36$

$9 \times 5 = 45$

$9 \times 6 = 54$

$9 \times 7 = 63$

$9 \times 8 = 72$

$9 \times 9 = 81$

제4부

초옥(草屋)

여름휴가 마지막 날
아내와 나는 아들 며느리 데리고 고향에 갔다.
마을 뒤 용달산 왼쪽 자드락 양지에
그림 같은 작은 초옥
잡목 우거진 숲길 지나 울도 없는 마당에 들어서니
우북 자란 풀들이
넓은 마당 여기저기에서
나를 알아보고 한걸음에 달려 나왔다.
꿀풀, 범꼬리, 마타리,
기름나물, 꿩의다리, 오이풀,
쑥부쟁이, 도라지, 개미취,
구절초, 쑥, 멍석딸기, 패랭이, 토끼풀….
우우,
일제히 내지르는 환성이 너무 컸나?
방문이 활짝 열리더니
―어서 오너라.
아버님과 어머님 환하게 웃으셨다.

뻐꾸기 가족

뻐꾸욱, 뻐꾸욱, 뻐꾸욱, 뻐꾸욱……

뻐꾸기 배고파서 운다.
뻐꾸기 배고파서 운다.
뻐꾸기 밥 줘라.
뻐꾸기 밥 줘라.

어머니는 아흔한 살,
눈 어두우시고 귀 잘 들리지 않으시지만
뻐꾸기시계가 내지르는 열두 점 소리는 절대 놓치지 않으
신다.

어머니, 시계 소리예요.
어머님, 그 소린 벽시계가 정오를 알리는……

뻐꾸기 배고파서 운다.
뻐꾸기 배고파서 운다.
뻐꾸기 밥 줘라.

뻐꾸기 밥 줘라.

할머니, 제가 뻐꾸기 밥 줄게요.
뻐꾸기도 배가 부르면 더 즐겁게 노래할 거예요.

나와 아내가 한 말은 안 들리셔도.
손주가 하는 말은 잘 들리시는가 보다.

손주가 뻐꾸기 소리를 내며 할머니 주위를 날아다닌다.
어머니도 일어서시더니 환한 얼굴로 손주 뒤를 따르신다.

나도 얼른 일어서서 어머니 뒤를 따른다.
아내도 일어서서 내 뒤를 밟는다.

뻐꾸욱, 뻐꾸욱, 뻐꾸욱, 뻐꾸욱…….
뻐꾸욱, 뻐꾸욱, 뻐꾸욱, 뻐꾸욱…….

아버지

밭갈이한 저녁때
소는 빈 몸으로 앞서서 걸어오고
아버지는 무거운 쟁기를 지게에 지고
터덜터덜 뒤따르신다.

가끔 너털웃음 섞어서
소캉 이야기하시며
일 잘했다고 등 두드려주시고
내일 할 일을 일러주신다.

마을 앞 개여울에 이르시면
지게는 돌담에 받쳐놓으시고
소 등물 먼저 시켜서
외양간으로 들여보내고서야
아버지 발을 씻으신다.

개여울이 온통
황톳빛으로 물든다.

하늘도 따라
물이 든다.

잉골

눈이 내렸다. 목화송이 같은 눈이 펑펑펑 내렸다.
들과 산은 하얀 눈으로 덮였다.
집도 나무도 길도 모두 덮여버렸다.
세상은 도화지
새 그림을 그리려 깨끗이 지워놓은 하얀 도화지
앗!
그 위에 노루가 나타났다.
어미 노루 한 마리가 아기 노루 한 마리를 데리고
산에서 나와 뙈기밭두렁을 몇 개 넘어
두리번두리번 멈칫멈칫 마을 쪽으로 내려왔다.

마을 앞 작은 개여울
봄여름 가을 겨울 언제나 마르지 않고 흘러
여남은 개쯤 놓인 징검다리
저쪽엔 노루가
이쪽엔 사람들이
한동안 무거운 침묵으로 마주보다가
소곤소곤

옷깃을 스치는 바람 소리처럼

―귀한 손님이야.
―어른이 보낸 걸 거야.
―물을 마시고 싶은가봐.
―배가 홀쭉해. 많이 굶었나 봐.
―눈이 온 산을 덮었으니 먹을 것을 찾기가 힘들 거야.
―새끼가 있으니 더 힘들었겠지?

휘익 시래기 한 뭉치가 하늘을 날았다.
휘익 또 한 뭉치.
벌레가 먼저 먹어 숭숭 구멍 뚫린 청청 무청잎
늦가을부터 뒤란 그늘에 걸어놓고 정성스레 말려 둔 시래기
사람보다 먼저 노루에게 주었다.
어미 노루가 가만가만 다가가 냄새를 맡아보았다.
아기 노루도 엄마 곁으로 다가가 같이 먹었다.
한 뭉치를 다 먹고 또 한 뭉치를 마저 먹었다.
사람들은 노루가 놀랄까봐 숨도 크게 쉬지 못했다.

뒷산 소나무 가지 위에 까작까작 울던 까치도
뚝 울음을 그쳤다.
계곡을 뛰어내려온 바람도 돌담 아래 납작 엎드렸다.
시간이 멈춰 기다려주었다.

이윽고 노루가 고개를 들어 건너다보았다.
사람들도 노루를 바라보고 웃고
서로 얼굴을 마주보며 또 웃었다.

어미 노루가 산 쪽으로 한 걸음씩 발을 옮겼다.
아기 노루도 쫄랑쫄랑 따라나섰다.
가다가 멈춰 서서 뒤를 한번 돌아보았다.
사람들은 손을 펴 노루를 산으로 밀어 올리는 시늉을 했다.

어서 가,
어서 가!

＊잉골: 경상북도 안동시 길안면 현하1동.

진달래꽃 앞에서

꼬르륵,

갑자기 어디서 개구리 소리가 났다.

—누나야, 니 배고프지?

—아이다. 니가 더 고플 거다.

나도 모르게 꽃잎을 따서 입에 구겨 넣었다.

(무릎 관절이 닳아

보행까지 불편하다는 백발의 누나가

사무치도록

보고 싶은 날이었다.)

못 박기

그림 한 폭 걸 자리 찾아
굵고 튼튼한 대못 하나 벽에 대고
망치로 내리치려는데

새로 하얀 옷을 갈아입은 벽이
채 마르지도 않은 풀 냄새를 확 내뱉으며
불룩 배를 내미는 바람에
못이 퉁겨져 바닥에 내동댕이쳐진다.

─왜 이러실까?
─그대는?
─내가 집주인이란 걸 아직 몰라.

의자 밑으로 떨어진 못을 집어
망치로 정수리를 내리치려는데
이번에는
어랏사,
내 어깨를 그러잡는 큰 손 하나,

─누구요? 당신은,

─그건 중요하지 않소.

　그런데 집에 그런 큰 못을 박아 상처를 내면?

─내 집 벽에 내가 못을 박는 건데.

─내 것? 이 세상에 그런 것은 없소.

　누구든 잠시 빌려 쓰다 갈 뿐이니

　이 집은….

내 손에서 못이 바닥으로 툭 떨어진다.

조선국화

영주에 사시는 큰누나가 불쑥 나타나셨다.
약으로 쓸 조선국화를 구하러
천호동 상계동 면목동 목동…….
서울 변두리를 헤매시다가,

스물둘에 시집가
육 남매 낳아 삯바느질로 키워
대처로 다 내보내고
혼자 옛집 지키며 쓸쓸히 살아가시느라
나이보다 앞서 몰라보게 늙어버린 누나.

─가는 곳마다 서양국화는 널려 있어도
   토박이 조선국화는 눈을 닦고 봐도 뵈지 않더라.
빈손 훨훨 털어 보이시고
휘적휘적 걸어가시는 누나의 뒷모습

그때 문득
반쯤 기운 초가 낮은 굴뚝에서

저녁연기 모락모락 피어오를 때

무너진 흙담에 기대서서

석양에 붉게 물든 하늘 멀리 돌아오는

기러기 울음소리에

노오란 향(香) 눈물로 뿌리는 조선국화를 보았다.

뭉클,

가슴 깊은 곳에서

한 덩이 설음 같은 것이 솟구쳤다.

—조선국화다.

　진짜 토박이 조선국화를 찾았다.

참깨 털기

1.
금방 쓴 마당 싸리비 자국 위에
흰 보자기를 반듯하게 펼쳐놓고
참깨 주저리들을 옮겨놓는다.
밭에서 오라 지워 끌어 온 참깨 주저리들
단단하고 무거운 물푸레나무 몽둥이로
참깨 주저리들을 가볍게 쳐본다.
―시간 끌지 말고 다 털어놔.

노동자를 착취하는 Pasio
참깨 주저리들은 완강히 저항한다.

2.
대책회의를 연다.

더 기술적으로 심문할 것
어머니와 나로서는 역부족이다.
아버지의 도움이 필요할 때이다.

일단 오라를 풀고

무조건 한 줄로 늘어놓는다.

물푸레나무 도리깨로 사정없이 두드린다.

—털어놓지 않으면 살아남지 못하리라.

　시간 끌지 말고 다 털어봐.

　우리는 다 알고 있다.

—이놈들 하늘이 무섭지 않느냐?

흰 보자기 위엔 부러진 참깨 주저리로 가득하다.

새의 만트라(Mantra)

새야, 새야,
나도 너처럼
높이 높이 날고 싶어.

손에 든 모든 것을 버려라.
욕심을 버리고
손을 비워라.

새야, 새야,
나도 너처럼
빨리 빨리 날고 싶어.

가슴에 품은 모든 것을 버려라.
미련을 버리고
가슴을 비워라.

새야, 새야,
나도 너처럼

멀리 멀리 날고 싶어.

머리에 담은 모든 것을 버려라.
집착을 버리고
머리를 비워라.

뜬구름

산 오름 길섶
커다란 바위 밑 옹달샘
한 바가지 가득 퍼
허리 펴고
하늘 한번 올려보고 마시려는데,

옛다, 출출할 거야.
산이 낙락장송 끝에 걸어놓고 말리던
흰 구름 한 귀퉁이를 뚝 떼더니
쑥 넣어준다.

푸들푸들
물속에서 되살아나는 구름 조각
철퍼덕, 철퍼덕 철퍼덕
헤엄을 친다.

눈 질끈 감고
꿀꺽 꿀꺽 꿀꺽

통째 삼켜버린다.

정상에 도착해
배낭 벗어 던져놓고
너럭바위 위에 벌렁 누워
하늘을 우러러보는데,

내 몸이 이상하다.
구름처럼 가볍게 떠오른다.

둥둥둥둥…….

내가 언제 인생을 뜬구름이라 말했던가?
내가 바로 뜬구름인 걸.

숲으로 간 새

1.
작은 소망은 누구나 노력하면 이룰 수 있습니다.
하지만 큰 바람은 하늘이 주는 것입니다.
하늘새를 만들어 바람을 고합시다.

충주호반 숫대마을 찾은 사람들
흰 수염 촌장의 말씀 듣고 하늘새를 만든다.

준비된 나뭇가지 중
굵고 굽은 가지를 골라 몸통을 깎고
가늘고 쪽진 가지로는 목과 머리와 부리를 다듬어
몸통에 홈을 파고 목과 머리를 조립한다.
눈 코 귀 그리고 날개 꼬리의 깃은 물감으로 그린다.

마을 앞 넓은 벌판으로 나간다.
긴 장대 끝에 하늘새를 앉힌다.
마음속 키워온 바람을 새에게 안겨주고
꼭 하느님께 고해달라고 부탁한다.

새야, 날아라. 높이 높이 날아라.
하늘까지 날아라.

장대를 높이 세운다.

2.
그러나 나는 숲으로 간다.

새야, 아름다운 너의 비상을 보고 싶다.
빈 몸으로 높이 날아라.
바람은 네게 짐이 될 테니.

초승달

아내가 장롱을 정리하다가
무엇인가 들고 나온다.

푸른 비단을 몇 번인가 둘러서
띠까지 맨
보자기

아하,
어머니께서 돌아가시기 며칠 전
보관해두라고 주시기에,
뭔지 묻지도 않고
장롱 바닥에 넣어두고,
강산이 두 번 변할 때까지
잊고 지냈었구나.

테이블 위에 올려놓는다.
묶인 띠를 조심스레 푼다.
귀를 잡고 편다.

빠알간 비단이 펼쳐진다.

아, 거기
오래된 초승달 은장도

어머니!

하늘정원

설악동 입구에 걸린 플래카드
─케이블카를 타고 권금성 하늘정원으로

케이블카에서 내려 두리번두리번 길을 가는데,
한 줄기 바람이 운무를 데불고 와
눈을 감겨버린다.

하늘정원은 어디 있어요?
어디로 가요?

한참 이리저리
숲속으로 난 작은 길을 헤매다가
문득 작은 통나무집 앞에 선다.

'쉬어 가는 집'

젖은 부대 같은 몸 의자 위에 내려놓고
뜨거운 찻잔을 두 손으로 감싸 쥐고

코에 가까이 가져간다.

다시 펼쳐지는 구름 속의 세상
창밖은
오리무중(五里霧中)

여기 앉아
선녀님이 타고 올라간
빈 두레박이나 기다려볼까?

대천명(待天命)

새 한 마리 공중을 난다.
하늘문 앞에 선다.
초인종을 누른다.

콕! 콕! 콕! 콕!
삐롱 삐롱 삐롱 삐롱

……….

콕! 콕! 콕! 콕!
삐롱 삐롱 삐롱 삐롱

……….

비움의 아름다운 승화

박지영 시인·문학평론가

1.

정하나 시인은 시를 쓰고 대하는 태도가 남다르다. 마음의 결이 곱고 투명해 바닥이 다 들여다보이는 시냇물을 보는 듯하다. 그 속에서 시인의 삶에 대한 욕망과 다 비워내려는 두 마음이 얼개를 짜고 있다. 그렇다고 해서 갈등을 일으키지는 않는다. 그는 지혜롭게 내려놓을 때를 알고 있기 때문이다. 그가 잡고 있던 것을 어떻게 내려놓는지 시를 보면 알 수 있다.

"어쩌지."

"꼭 건너야 합니다. 속리로 들어가는 관문입지요."

"……"

"이, 뭣꼬입니다.

…중략…

"속리(俗離)하셨습니다."
"고맙다."

이뭣꼬가 나를 내려놓는다.
뒤를 돌아본다.
속세가 보이지 않는다.
옆을 본다.
'이뭣꼬'도 보이지 않는다.

—「이뭣꼬」 부분

  속리산 문장대 오르는 길에 '이뭣꼬 다리'가 놓여 있다. 시
인은 다리에 새겨진 '이뭣꼬'라는 글귀에 마음이 움직였던가
보다. 시인은 그 다리를 속리로 들어가는 "관문"이라 본다. 관
문은 다른 영역으로 나아가는 통로를 이르는 말이다. 다리를
건너자 "속리하셨습니다"며 '이뭣꼬 다리'가 화자에게 말을
건다. 속리산의 한자어 표기가 속리(俗離)다. 그 뜻은 '세상을
떠나 세속과 멀리하다'이다. 시인은 속리의 동음이의어로 말
놀이를 하면서 의미를 배가시키고 있다. 시인은 막상 관문을
통과해 속리에 들어가면서 '이뭣꼬'의 질문과 마주한다. 이

뭣꼬는 질문이자 답이다. 세상만사를 잊는, 삶과 죽음이 없는 시심마(是甚麼)의 화두다. 시인은 "관문"이라는 말을 즐겨 사용하는데 "온 천지가/새로 태어나기를 기다리는 듯,/새는 무사히 관문을 통과했을까?"(「별」)라며 질문을 던진다. 시인이 말하는 "관문"에는 어떤 의미가 내포되어 있는지 「입산」과 「대천명(待天命)」에도 잘 드러나 있다.

산에 문이 있다.

문을 열고 들어간다.
새소리 바람 소리가 들린다.

또 문이 있다.
또 문을 열고 들어간다.
바람 소리만 들린다.

또 문이 있다.
또 문을 열고 들어간다.
고요하다.

아무것도 없다.
아ㅡ무ㅡ것ㅡ도…….

ㅡ「입산」 전문

이 시에서도 "문"에 대해 말하고 있다. 산으로 들어가거나 출가하여 승려가 되는 것을 두고 입산이라고 말한다. 시인은 "산에 문이 있다"며 문을 열고 들어간다는 것이다. 그런데 세 번이나 문을 열고 들어선다. 첫 번째 문에서는 새소리 바람 소리가 들리고 두 번째 문에서는 바람 소리만 들리며 세 번째 문을 열고 들어서니 소리 없이 고요하다. 아무것도 없다. 거기는 「이뭣꼬」에서처럼 속세와 먼, 있는 그대로의 세계, 비움의 세계이다. 화자가 세 번이나 문을 여는 의미는 도(道) 입문의 단계를 비유로 표현한 듯싶다.

> 새 한 마리 공중을 난다.
> 하늘 문 앞에 선다.
> 초인종을 누른다.
>
> 콕! 콕! 콕! 콕!
> 삐롱 삐롱 삐롱 삐롱
>
> ―「대천명(待天命)」 전문

새 한 마리가 공중을 날아가는데 시인은 새가 "하늘 문 앞에 선다"며 새도 하늘 문을 통과해야 저 너머를 갈 수 있다고 본 것이다. 시인은 "문"에 대해 관심이 많다. 우리는 삶을 살아가면서 점점 거대한 문과 마주하게 된다. 사회 부조리, 불평등, 불이익 등은 어떤 문보다 더 단단하다. 시인의 시를 읽

다가 카프카의 소설 『법 앞에서』가 떠올랐다. 한 남자가 그 문을 통과해 가려 하지만 문지기가 앞을 막는다. 그는 문지기가 문을 열어줄 때까지 그 앞에서 기다리다 늙어버렸다. 사내가 문지기에게 묻는다. 내가 여기서 기다리는 동안 이 문으로 들어가는 사람을 보지 못했다고 하니 문지기가 이 문은 당신을 위한 문이라고 대답한다. 이 말에는 두 가지 의미가 있다. 하나는 때가 되어야 들어갈 수 있는 문이라는 의미이고, 다른 하나는 정말 들어가고 싶으면 스스로 밀고 들어가면 되는 주체의 의지를 시험하는 문이다.

나는 정하나 시인의 「별」을 읽으면서 "하늘 문"에 대해 생각해보았다. 단군신화 속의 환웅이 하늘 문을 열고 지상으로 내려왔고 기독교에서는 하늘 문이 열려야 축복을 받을 수 있으며 천국에 갈 수 있다고 믿는다. 민간신앙에서는 사람이 죽으면 영혼이 하늘로 가는 데 사십구일까지는 하늘 문이 열려 있지만 사십구일이 지나면 하늘 문이 닫혀 저세상으로 가지 못하고 죽은 영혼이 구천을 떠돈다고 여긴다. "하늘 문"이 열려야 하늘과 사람이 서로 소통하게 되듯, 하늘의 뜻을 기다린다는 의미도 담고 있다. 시인에게 "관문"은 내 의지로 할 수 있는 문이지만 "하늘 문"은 때가 되어야 갈 수 있는 세계이며 더 깊은 의미를 담은 유토피아의 세계로 유추해 본다.

시인은 옆에 두고 읽던 책마저 버리고 "애착과 권태"에서 벗어나려 한다. 사물과 연을 끊어 버리려 상패와 기념품마저 내다버린다. "욕심과 미련에서 벗어나 삶을 잊"(「정리」)고. "나를 잊는다"며 자신의 마음도 정리한다. 시인은 삶을 잊고 나를 잊는 무심의 경지에 다다르고 싶은가 보다. 자신을 버리는 것과 삶을 잊으려는 시인의 행위는 「왜 산에 가느냐?」에 잘 드러나 있다. 산에 가는 것은 '풀, 나무, 꽃, 바위, 물, 다람쥐, 새, 돌, 구름' 등을 보고 절하러 가고 '집념, 교만, 탐욕, 위선, 거짓, 질투, 분노, 증오, 의심' 등을 비우러 간다고 한다. 주변 사물에 절하고 비우려는 자세에서 시인의 고운 마음결을 읽을 수 있다.

2.

다음 시를 보면 시인의 삶의 자세와 욕망을 들여다볼 수 있다. "담장을 넘어갈 때/비로소 담쟁이가 되는 거야./경계는 나에게 넘어야 할 존재 이유야./극복해야 할 숙명이야."(「담쟁이」)라며 자신의 의지를 담쟁이에 빗대어 표현했다.

나에게는 시작만 있었다.

시작에는 언제나 새로운 힘이 생겼다.

실패란 없다.

더 나은 길을 안내하는 길잡이다.

나는 결코 멈추지도 않을 것이다.

포기하지도 않을 것이다.

—「담쟁이」 부분

시적 화자는 자기에게는 시작만 있으며 시작은 삶의 원동
력이 되어 앞으로 나아가게 하는 힘이라 한다. 자신에게 실
패란 없고 멈추지도 않을 것이며 결코 포기하지도 않는다고
다짐한다. 강인한 담쟁이처럼 살아온 주체가 자신을 내려놓
고 버리기는 쉽지 않다. 삶에의 의지가 곧 삶의 원동력이자
에너지이다.

한 달에 한번 나는, 아내가 아닌 다른 여자와 함께 밤을
보낸다. 그러니까 외도(外道)를 한다. 그날이 다가오면 머
릿속은 시나브로 그녀의 생각으로 채워지고 어떤 일도
손에 잡히지 않는다.

그녀와 함께 있으면 가슴은 크게 뛰고 온몸이 후끈거
린다. 세상 아무것도 변한 게 없는데 모든 게 새롭고 황홀
하다. 손을 잡고 강둑길을 걷는다. 쉬지 않고 수다를 떤
다. 하찮은 일로도 기뻐서 키득거린다.

샛별이 눈을 깜박일 때 그녀와 작별을 하고 혼자 돌아
오는 길은 너무 쓸쓸하다. 내 발자국 소리를 듣는 건 참
슬프다. 불빛 하나 보이지 않는 긴 골목은 짐승의 아가리

같이 무섭다. 몸에서 힘이 빠져나간다. 빈 자루처럼 몸이
구겨진다. 바람에 떠밀려서 걷는다.

—「Moon tan」 부분

「Moon tan」은 '달빛 아래 노닐다'라는 의미를 가지고 있
다. 시적 자아는 한 달에 한번 외도를 한단다. 어떤 여인과 밤
을 보내고 새벽녘에 들어온다. 이건 공공연한 비밀이라지만
그의 아내는 궁금해 하지도 물어보지도 않는다. 화자는 그녀
와 같이 있으면 가슴이 뛰고 온몸이 후끈거리며 황홀하기까
지 하다. 거기다가 그녀를 만나면 말이 많아지고 저절로 웃
게 된다. 그녀와 헤어져 올 땐 쓸쓸하고 슬프고 무섭고 온몸
에서 힘이 다 빠져나간다. 인용한 2연과 3연은 사랑의 열병
을 앓을 때 나타나는 증세다. 사랑하는 대상에 푹 빠져 있는
상태를 그대로 보여준다. 그런데 그 대상이 사람이 아니고
달이다. 매달 보름이 가까우면 달과 사랑을 속삭이고 달과
함께 밤을 지새운다. 이런 달 사랑이 또 다른 시편에도 있다.

달님은
내가 내려다보고 있는 것
아는지 모르는지
하얗게 웃는데,

나는,

가슴이 쿵덕 쿵덕 쿵덕
얼굴이 화끈 화끈 화끈
커튼을 걷었다 닫았다.

—「아뿔싸」부분

　강변 아파트 17층에 사는 시인이 자다가 깨어 우연히 창문을 연다. 강물에서 찰방찰방 물 튀기는 소리가 조요롭다고 한다. 빛이 튀어서 빛난다는 말이다. 누군가 옷을 홀랑 벗고 강에서 목욕하는데 "달님, 달님이다." 달의 모습을 보고 상상한 것만으로도 그는 가슴이 쿵덕이고 얼굴이 화끈거려 커튼을 닫았다 열었다 한다. 커튼을 닫았다는 것은 본인의 욕망이 드러나 부끄러워 닫는 것이고 열었다는 것은 관음 욕동이 작용한 것이다. 시인의 리비도가 살짝 내비치는 시로 욕망이 환상적으로 잘 드러나 있다. 달에 대한 두 편의 시는 에로틱하다. 달은 여성을 상징하고 모성적인 의미도 내포하고 있다.

　그가 사랑하는 대상만 보아도 그의 욕망을 가늠할 수 있다. 그는 사랑의 대상으로 여자를 선택하지 않고 무생물을 선택함으로써 상대의 감정에 휘둘리지 않고 자기의 감정에만 몰입한다. 서로 소통이 되는 사랑이 아니라 일방적인 사랑이다. 사랑하는 대상의 감정이 부담스러워서이기도 하고 내가 사랑하는 만큼 상대방이 나를 사랑하지 않을까봐 대상을 사물화시켜버린 소극적인 사랑이기도 하다. 욕망을 결여

시킨 사랑이다. 「구구단 외우는 꽃」에서도 대상이 나비다. 그는 미물인 나비까지도 따뜻한 시선으로 바라보고 있다. 나비에게 의자가 되어주고 꽃이 되어주자 마음먹는다.

　　잠시라도 편히 쉬도록
　　꽃이 되어주자.
　　작은 의자가 되어주자.

　　우선 나를 비운다.
　　그리고 그 빈자리에
　　'나는 꽃이라는 생각'을 가득 채우자.
　　그럼 꽃이 되겠지.

　　눈을 감는다.
　　스스로 최면을 건다.
　　―나는 꽃이다.
　　　꽃이다. 꽃이다.

　　나비가 그대로 가만히 쉰다.
　　내가 꽃이다.
　　나비가 나를 꽃으로 생각한 것이다.
　　내가 의자다.
　　나비의 의자가 된 것이다.

나는 속으로 구구단을 외기 시작한다.

—「구구단 외우는 꽃」 부분

시인은 풀밭에서 어깨에 나비가 내려앉자 몸을 움직여 나비를 쫓지 않고 가만히 있다. 자신이 꽃으로 보여 앉았으리라 생각한다. 그러면서 꽃이라 여기면 꽃이 되겠지라며 "나는 꽃이다./꽃이다. 꽃이다" 최면을 건다. 아주 재미있는 발상의 전환이다. 나비의 의자가 되어 나비가 더 편하게 쉬었다 갈 수 있게 머리를 비우고 가만히 앉아 있다. 잡념도 떨쳐버리기 위해 구구단을 외운다. 나비가 잠시 날개를 접었다 날아가는 것은 찰나지만 가만히 있는 사람에게는 그 순간이 무척 길다. 나비에 대한 사랑과 연민이 없다면 나비가 날아갈 때까지 가만히 기다려주지 않는다. 사물을 따뜻한 시선으로 바라보는 시인의 인식이 시의 밑바탕에 깔려 있는 수작이라 할 수 있다.

3.

다음 시편들은 시를 이루는 구성과 시의 방법론이 비슷하다. 시인의 시적 상상력은 동화적인 요소를 가지고 있으며 사물과의 대화를 시로 형상화한다. 그의 상상력은 사물이 환상적인 다른 사물로 보였다가 다시 원래의 사물로 돌아와 있는 구조의 틀을 가지고 있다. 이번 시집 속의 「억새꽃」, 「바다」, 「조약돌 하나」, 「어떤 데이트」, 「눈사람」이 비슷한 틀을 가지고 있다. 혼자 중얼거리면서 묻고 답하고 있다. 동화적 상상력이 놀이와 같은 가벼운 분위기로 시를 끌고 간다. 몇몇 시의 구조를 보면 A→B→A의 형태를 엮어나가고 있다. 억새꽃 →머리 허연 노인들→억새꽃(「억새꽃」), 조약돌→털복숭이 아기물새→조약돌(「조약돌 하나」)로 그가 본 환상이 원래의 사물로 되돌아와 있는 구조이다.

> 물새알은 보이지 않고
> 털복숭이 아기 물새가 웅크리고 있었습니다.
> 물새알 속 아기 물새가 스스로
> 단단한 껍질을 깨고 나온 게 분명했습니다.
>
> ―「조약돌 하나」 부분

예쁜 조약돌을 하나 주워 와 물새알이라고 생각하고 빨리 알에서 깨어나라고 한다. 마음을 모아서 그랬는지 어느 날 알을 깨고 나온 "털복숭이 아기 물새가 웅크리고 있었"다 단단한 껍질을 깨고 나온 게 분명하다고 믿으면서도 한편 어떻게 돌에서 물새가 나왔지 "어떻게 그런 일이 가능했을까? 내가 잘못 본 것이면 어쩌지?" 하며 의심을 한다. 조약돌이 갓 태어난 아기 새가 웅크리고 있는 것으로 보인 것은 시인의 환상이다. 「어떤 데이트」에서도 누가 어깨를 툭 쳐서 돌아보니 아무도 없다. 그런데 내 옆에서 나와 같이 누가 걸어간다. 수다를 떨다 언쟁을 벌이고 목소리가 높아져 놀라 옆을 보니 아무도 없다. 나란히 걸으며 이야기도 했는데 없다. 오래전에 세상을 떠난 친구가 그리워 환상으로 떠올린 것이다.

환상은 정말 있었던 것처럼 생시처럼 느껴지는 현상이다. 환상은 꿈에서 가장 많이 볼 수 있는 증상이다. 꿈에서 느꼈던 촉감이나 감정은 아주 리얼하다. 현실에서 보다 더 리얼하다. 사실 꿈도 환상이지 않은가. 꿈을 시에 적용한 「눈사람」을 보자. 시인이 만들어내는 환상적인 요소는 동화적인 분위기로 재미와 웃음을 주고 있다.

―누구시오?

―저를 태어나게 해주서서 고맙습니다.

―여기는 웬일로?

―심장을 갖고 싶어 왔습니다.

―누가 시켰느냐?

―사랑을 나누는 인간이 되려면 그리고 헌신적인 삶을 살려면 뜨거운 심장이 필요합니다. 그것 때문에 몸이 녹아도 두렵지 않습니다.

말은 비수가 되어 가슴에 꽂혔다.

잠깐 눈을 감고 자신을 돌아보았다.

세속적 안일만을 추구하며

이기적으로 살아온 내가 부끄러웠다.

머리를 숙였다.

순간 싸늘한 바람이 불었다.

내 앞에는

심장이 없는 텅 빈 가슴의 내가 누워 있었다.

너무나 억울해 부둥켜안고 울었다.

엉엉 소리 내어 울었다.

울다가 눈을 떴다.

꿈이었다.

—「눈사람」 부분

　눈사람을 만들었더니 눈사람이 꿈에 나타났다. 시적 화자
에게 태어나게 해주어서 고마운데 심장을 달아 달라고 한다.
안 된다고 했는데 눈앞에 "심장이 없는 텅 빈 내가 누워" 있
는 것이다. 시적 화자는 "너무나 억울해 부둥켜안고 울었다"
는 것이다. 꿈의 언어를 따라 가다 보면 내가 의식하지 못했
던 무의식을 경험하게 된다. 꿈 자체가 무의식은 아니지만
무의식은 육체와 심리의 경계지대에 있다. 우리가 무의식을
가장 잘 접할 수 있는 것이 꿈이다. 시적 화자는 가지고 있던
것을 다 버리고 내려놓으려 하지만 심장만은 주고 싶지 않
다. 심장은 바로 자신이 살아있다는 증표이기 때문이다. 삶

의 욕동이 드러나는 순간이다.

사람은 자기가 관심이 없으면 말하지 않는다. 관심이 가는 것에는 자기도 모르게 그 말이 입에서 튀어나오게 되어 있다. 인간이 가장 떨쳐버리기 어려운 것이 자신을 비우고 내려놓기다. 집념, 집착, 아집으로 뭉쳐져 있는 것이 인간이다. 정하나 시인도 내려놓기가 어렵기 때문에 더욱더 버리고 비우려 하는지도 모른다. "이 세상에 내 것은 없다."(「못」)는 정하나 시인의 이 '오래된 깨달음'이 우리에게 낯설게 다가오는 것은 그의 동화적 상상력과 결부되어 있기 때문이다. 그런 의미에서 시집 『밥이나 먹고 가라』는 잠시 빌려 쓰다 갈 뿐인 생을 시인 특유의 상상력으로 아름답게 잘 승화시킨 시집이라 할 수 있다.

이 도서의 국립중앙도서관 출판시도서목록(CIP)은 서지정보유통지원시스템 홈페이지
(http://seoji.nl.go.kr)와 국가자료공동목록시스템(http://www.nl.go.kr/kolisnet)에서
이용하실 수 있습니다.(CIP제어번호: CIP2018007572)

문학의전당 시인선 0278

밥이나 먹고 가라

ⓒ 정하나

초판 1쇄 인쇄   2018년 3월 15일

초판 1쇄 발행   2018년 3월 22일

지은이   정하나

펴낸이   고영

책임편집   서윤후

디자인   헤이존

펴낸곳   문학의전당

출판등록   제2017-000002호

주소   서울시 마포구 마포대로 11길 91, 3층

전화   02-852-1977   팩스   02-852-1978

전자우편   sbpoem@naver.com

ISBN   979-11-5896-364-4   03810